KB208819

_____ 님에게

삶의 여정에
행복과 행운이 함께하시길 기원하며
이 시집을 드립니다.

년   월   일

_____

아메리카노

김상인 시집

아메리카노 한 잔에 슬픔이 달래질까...!

작가의 말

어린 시절 두 손 모아 기도하던 소년의 모습이 떠오른다.

"세상의 빛이 되게 해 주세요."
"좋은 글을 써서 마음의 위안을 주는 작가가 되게 해 주세요."

어느새 환갑을 맞은 初老의 세월에 이렇게 시집을 출판하게 되니 꿈만
같다.

詩想이 떠오를 때마다 긁적여 둔 시 103편과 콩트 5편을 어설프게 엮었
다.

누군가 한 편의 詩라도 읽고 마음의 위안을 받는다면 善한 영향력을 전
하고자 했던 한 소년의 풋풋한 꿈을 이룰 수 있음에 감사드린다.

"삶은 고통 속에서 작은 행복을 찾아가는 여로다."
그 길에 함께하고자 따뜻한 가슴으로 작은 시집을 바친다.

2024년 10월
가을 향 짙어 가는 서재에서

차례

번외편　　콩트

제 1 부

아메리카노

—— Americano

아메리카노

카페 바닥이 닳아 있어
재즈 리듬 따라
지친 영혼들이 뒹굴다 간 흔적이야

곳곳에 틈이 생겼어
지친 영혼들이 제각각의
시시껄렁한 농 한마디씩 던진 자국

허기진 영혼에 실낱같은 위로
아메리카노 한 잔에 슬픔이 달래질까!

애써 슬픔을 참지 마
눈물 한 방울 떨어지면
진한 커피 향에 슬픈 파장이 일 거야

일몰이 일출보다 예뻐

일출은 눈부시다
밤새 어둠 속 온갖 번뇌 녹여 내고
어린아이 영혼으로 다시 태어나
떠오르는 일출은 눈부시다
그래서 똑바로 쳐다볼 수가 없다

일몰은 은은하다
돌아보면 하루살이 짧은 인생
온갖 고초 견디며
닳고 닳아
그 빛은 은은하다

살짝 실눈 뜨고
쳐다볼 수 있는
일몰이 일출보다 더 예쁘다

무궁화꽃이 피었습니다

하늘이 맑은 날
홀로 카페에 가

창가에 자리를 잡고
어렴풋이 비치는
네 모습을 찾아봐

하늘에
뭉게구름 피어나면
친구 삼아
둘이서 숨바꼭질도 해

구름은 바라보면
움직이질 않지
그럴 땐
고개를 돌려

무궁화꽃이 피었습니다
무궁화꽃이 피었습니다

고개 들어 봐
뭉게구름이
감쪽같이 달아났을걸

꼭꼭 숨어라
뭉게구름아
바람에게도
너의 모습 보이지 않게

하늘멍 하다가
구름 한 점 보이면
언제나처럼 그렇게,

무궁화꽃이 피었습니다

잊기 연습

잊으려고 애쓰지 않아야
세월에 녹아 기억이 옅어질 거야

잊으려 할수록
기억은 바람처럼
그대 가슴에 휘몰아치고
구멍 난 가슴에
더 큰 멍에를 남길 테니

애달픈 기억일수록
기꺼이 가슴으로 품어 줘
새가 알을 품듯이
힘들어도 따뜻하게 안아 줘야 해

알에서 깨어난 새가 푸른 창공을 날듯
네 기억에도 새살이 돋고
아무리 생채기를 내도
더는 아프지 않은
굳은살이 돋아날 거야

불명

가까이 가면 뜨거움에
가슴 졸이고

멀어지면
새까맣게 타들어 가는 가슴

눈을 감으니
자작거리는 소리에
가슴이 따뜻해지네

친구

비를 좋아하는 내 친구는
빗방울 한 방울에도
몸을 달싹거리지

가슴 콩콩 뛰는 게
어릴 적 가마솥 뚜껑
달달 볶던
검정콩 같아

송골매 콘서트

세월의 흔적 찾아
떠난 긴 여로의 끝

반짝거리는 조명에
눈물 맺혀 흔들리는
작은 추억의 조각들

송골매 노랫가락
작은 돌멩이 되어
그대 시름 앓던 가슴속에
동글동글 파문 내더니
어느새 추억되어 휘돈다

압구정 날라리

한때 잘나가던 나
한때 어여뻤던 나
서울 한복판 압구정 날라리

눈가에 주름 잡히고
압구정 그 길에 다시 와
나 홀로 서성이네

행인들 속
의미 없는 람보르기니 경적 소리에
알록달록한 추억의 잔상들

지금은 보잘것없는 나
지금은 초점 잃은 나

그래도
난 영원한 압구정 날라리

그대, 행복 바이러스

그대, 행복 바이러스

그대 바라만 보아도
짜릿함에 정신을 차릴 수 없어

살랑 부는 봄바람도
그대 향기에 취해
낮술 취한 꼬마 신랑마냥 비틀거리지

오늘 밤하늘 두레박 내려와도
그대, 내 사랑 옷 너무 많아서
천상 선녀라도 이젠 날 떠날 수 없어

냅킨

각 잡지 마
어차피 흐트러질 건데
잠시 각 잡고 있은들
누가 알아주나

함부로 대하지 마
비록 뒤치다꺼리하는
신세지만
나도 한때는
큰 산 언덕의
꿈 많은 나무였단다

나 비록
오늘도
구겨지고 찢겨서
사정없이 버려지겠지만

내가 있어
그대 행복할 수 있다면
아낌없이 주고 갈게

금

험한 세상 움츠리지 마
수억 년 까만 땅속에서 속앓이를 하다가
수줍게 웃어 주는 금처럼 살아

참고 견딜수록 너에겐 빛이 더해져
변치 않는 금처럼
영원한 생명을 얻을 테니

넌 비록 작지만
금처럼 묵직함이 있어

일몰 화가

일몰은 사연이 많아서
시시각각 수채화를 그려
밝은 주황색에 회색 물감을 뿌려서 신비감을 더하지

잠깐 한눈팔면
언제 그랬냐는 듯 시치미를 떼

눈 깜박일 때마다 다른 그림을 그려 내는
일몰은 수채화가

시인

시인의 얼굴엔 슬픔이 없어

가슴에 슬픔을 품고 살기에
슬픔이 진해져 가슴을 타고 흘러서
눈물 없인 읽을 수 없는 애달픈 시가 되니
시인의 가슴엔 슬픔이 없어

이미 흘러넘쳐 시가 되고
남은 슬픔은
또 시가 되니까

의자

가끔씩
흔들릴 때도 있어
가끔씩
숨 막힐 때도 있어

혼자선 아무것도
할 수 없지만
하루 종일
이 사람 저 사람
호들갑을 떨지

난 항상 그 자리
어떤 엉덩이라도 좋아
따뜻하게 안아 줄게

줄

인생은 줄 서기
마음 편히 기다리면
기다림이 쉼

안절부절 희로애락
기다림은 고통

줄이 줄어드니
청춘이 가네

햄버거

뚜껑을 열어
속을 들여다보고 싶지만
간들간들
위태롭게 흔들리는
마음을 열어 보는 건
예의가 아니다

층층이
그대 향한 아린 가슴을
한 땀 한 땀 쌓아 올리며
가녀린 가슴에
참고 참던 눈물방울이
속속 배어 있으니

그대
인생살이 지쳐
허기질 때
기꺼이 이 몸 바쳐
채워 주리다

샌드위치

노릇노릇 황금색 안에
따뜻한 김이 서린다

한 입 베어 무니
이미 이 세상이 아니다

구름 위에서
여의봉을 휘두르는
손오공이 부럽지 않다

김치전

노릇노릇
네 몸을 구워 내며
무슨 생각을 했니?

바삭바삭
네 몸을 잘라 내며
무슨 생각을 했니?

부스러기

함부로 말하지 마
부스러기라고
온전한 맘 부서지고 상처 나서
부스러기만 남았지

그대 버린 내 사랑은
이제 부스러기조차 남아 있지 않아

작은 부스러기라도 누군가 사랑 목말라할 때
기꺼이 내어 줄 거야

언제나 난 그대의 부스러기

쾌락

한 사내가 여인에게
하소연하네
아기가 어미 젖을 탐하듯
깊은 아픔을 토해 내며
영혼 없는 설렘이 교차한다

숨이 막혀 미칠 듯하지만
침을 삼키고 숨을 참는다
육신의 쾌락으로
한순간 영혼이 녹아내린다

외마디 탄성으로
육신이 분리되고
허무한 가슴에
아픔이 봄꽃 봉오리로 피어난다

제 2 부

골프와 인생

_____ Golf and Life

골프와 인생

18홀을 돌아서
누가 잘 살았나
점수를 매긴다

18번 매번 새로 시작하고
끝을 맺을 수 있으니
이보다 더 좋을 순 없다

마음 착한 동료를 만나면
한 번 실수는
눈감아 주기도 한다

한 세월 살다 보니
언덕도 만나고
물도 만난다
인생이 무너지고
눈앞이 캄캄해진다
아무도 몰래 되돌릴 수 있다면
내 허물을 덮고 싶다

어쩌다 승승장구
거침없는 인생살이가
결승점을 앞두고
엎치락뒤치락하기 일쑤다

마음 내려놓기가 이리 힘들까
잘하려 용쓸수록
어긋나는 게 인생살이네

모래밭에 빠져 허덕일 때
마음 한번 다 잡고
욕심 내려놓으니
힘든 삶의 구렁텅이에서
한 번에 빠져나오기도 한다
온몸에 파편이 튀긴 하지만

인생의 반환점에 서서
지난 세월 음미하며
사연 많은 벗들과
탁배기 한잔하니
여기가 천국이네

마지막 홀에 서서
인생살이 돌아보니
내 나이 어느덧 노년
온몸이 쑤시고
용쓸 힘조차 없는데
왜 이리 아쉬운지

마지막 홀엔
못해도 파
그리 깐깐한 벗도
오케이를 주네

우리 인생살이
내려놓고 저승 가는 날
다들 아섭다 하네
좋은 기억만 남기세
이젠 무거운 짐일랑
내려놓게나

바람처럼 구름처럼

살다 보면
세상만사가 내 맘 같지 않아
욕심이 주렁주렁
감처럼 열려서
익어도 떨어지지 않고
하늘 끝까지 오를 듯
마냥 매달려만 있지

백 일 동안 꽃이 피는
배롱나무도
가을에 피는
코스모스의 존재를
알 수 없듯이

너나 나나
한순간 살다 가건만
어찌 그리 번민하는가

바람처럼 살다가
구름처럼 흩어져
숨 쉴 수 있을 때
어디든 떠나가세

그냥 그대로
바람처럼 구름처럼

돌아오는 길

돌아오는 길엔
슬픈 꽃이 핀다
남겨 둔 마음이
너무 아려서
꽃조차 슬프다

돌아오는 길엔
아쉬움의 눈물이 흐른다
차마 못다 한 말들이
쏟아 내지 못한
아린 마음이
눈물 되어 흘러내린다

돌아오는 길엔
허공에 달이 뜬다
아무리 기억하려 애써도
반나절 지난
그 님의 얼굴조차 떠오르지 않아

님의 얼굴은
어둠이 짙어야
떠오르는 달과 같아서
돌아오는 길

초점 잃은 영혼에 달이 뜬다

구름밭

떠도는 인생살이
구름 같은 것

바람이 불면
이리저리 흩어지는 구름 같은 것

언제 스러질지 모르는 인생
한 줌 흰 구름 쥐어다가
구름밭에 뿌리고

구름 새싹 돋으면
우리 정답게
옛 애기 나누며
인생 갈무리하세

깃털처럼 가벼운 세월

누군가
인생에 대해서 묻거든
깃털처럼 가벼웠노라 대답하리오

그대가
아무리 굴레를 벗으려 발버둥 쳐도
깊은 심연 속에 버둥거릴 뿐
그건 여름날 더위를 잊게 해 준
한낮의 깜박 꿈처럼
깨져 버린 헛됨일 뿐이오

문득
꿈에서 깨어나
흘러가는 물결에
그대 얼굴이 드리워지면
물같이
깃털같이
가볍게 살았다고
한숨처럼 세월을 토해 버리오

상처 난 이에게

하늘 아래 상처투성이로
아무렇게나 뒹굴지만
상처는 언젠가 아무는 법
상처가 아물며 굳은살을
남기는 건
같은 상처로 마음 아파하지 말라는 배려

상처는 숨기면 더욱 깊어져
훈장처럼 드러내고
거들먹거려도 돼
그럼 그건 더 이상 상처가 아니지
아문 자국에 마음 한 점 찍어 둔 거라
위로가 되지

상처 난 과일이 더 달고
상처 난 가지에 핀
꽃이 더 향기 나듯
네 마음 돌이킬 수 없는 상처에도
진한 향기가 날 거야

無題(무제)

삶은 가벼워서도 아니고
무거워서도 아니라
내가 느끼는 것만큼
무게로 다가오는 것이니
깃털처럼 가벼운 마음으로
그냥 즐기면 되는 것이오

무거운 짐일랑 다 내려놓고
함께 탁배기나 한잔하면서
한가로이 노니는
구름 속에 누워서
찰나에 불과한 인생살이
비가 되어 내리는 날

슬픔이 양동이 가득
소복이 고이면
양지바른 곳에서
얼큰하게 취해서
옷고름 풀어 헤치고
덩실덩실 춤이나 추자꾸나

내가 누구더냐

가끔 밤하늘에 별이 뜰 때면
도시의 밤도 시골처럼 아름답다
그때면 문득 떠오르는 얼굴이 있다
흙장난하며 고사리손으로 그리던
엄마 얼굴
가슴속 가득 보름달 머금고
목젖이 보일 만큼 깔깔대던 그 시절
내가 누구더냐?

어느 날 문득 거울 속에 비친 모습
낯선 사람이 무표정하게 서 있다
너무 무표정해서 석고처럼 굳어 있다
주름 깊은 곳엔 세월이 엉켜 있다
펴지지 않는 주름이 고드름처럼 매달려
떨어질 듯 흔들린다
내가 누구더냐?

하늘이 눈이 시리게 푸르다
하늘은 구름이 있어 눈부시고
구름은 시시각각 변해서 아름답다

변하지 않는 게 있었던가
내 언젠가 눈감는 날
보일 듯 말 듯한 가벼운 미소로
삶의 무게를 깃털처럼 덜어 내리다
내가 누구더냐?

너무 아프다

봄볕 따스한
아지랑이 놀음에
땅속 깊이 잉태하는
새순이 아프다

연두색 수줍음을 벗기도 전에
온통 주변은 다투듯
진한 녹색 옷으로 갈아입는다
뭐가 그리 바쁜지
한여름 소나기에도
멈추지 않는 성장의 발걸음이
한숨 돌릴 여유도 없다

끝도 없이 크고
한없이 예쁠 줄만 알았는데
어느새 물기 메마른 푸석한 얼굴에
가을 노을이 내려앉는다

꿈을 꾸었노라
한여름 밤의 부질없는 꿈이었어라
잠깐 뒤척이다 눈을 떠 보니
하얀 백발이 서설처럼 내리고
꿈처럼 토해 내는
세월의 고해가
너무 아프다

살다가

살다가
그대 힘들면
하늘 한 번 쳐다보소
구름 한 점 없는 파란 하늘이
그대 마음속
위로되리니

살다가
그대 슬프면
하늘 한 번 쳐다보소
먹구름 가득한 짙은 하늘이
그대 가슴속
깊은 슬픔을 도려내리니

살다가
너무 울적해
삶과 죽음의 경계조차
헷갈리면
하늘을 쳐다보소

하늘은 언제나 그 자리요
구름만이 그대 마음에 따라
뭉치고 흩어짐을
알게 되리니

연통

바싹 마른 장작
타닥타닥 불꽃

이 몸 태워
그대 가슴속 한 줌 고통이라도 덜어 낼 수 있다면
작은 씨앗으로 움틀 때
이미 난
널 위해 한 몸 태워 낼 줄
알았으니

눈물로 빚어낸 이 몸 태워
너의 기쁨되니
연통 끝에 매달린 아린 사랑이
이리도 아름다울 줄 몰랐소

추모 공원

가벼운 구름이
사연 많은 영혼 위에
바람처럼 흩어진다

삶의 시간 속
집착과 애욕이 그토록 컸건만
왜 다들 아무런 말 한마디
없는 거요

무심한 노랫가락에
취해서 다들 잠이 든 거요

살아생전
그토록 수많은 밤을
불면에 뒤척이더니
이젠 꿈조차 꾸지 않기에
영혼의 미동조차 느껴지지
않는 것이요

촘촘히 어깨를 붙이고
다툼 없는 세상에서
너무나 정겨운
그대들이 부럽소

사모곡

봄날 아침 이슬처럼
잔잔한 그리움 남기고
어찌 그리 곱게도 가셨습니까

눈 감으면
한 줄기 눈물이
한여름 소나기처럼
쏟아질 듯하여
차마 눈조차 감을 수 없습니다

생전 그리도 좋아하셨던
봄꽃이 만발하고
신록은 눈이 시리도록
초록 내음을 풍기고 있습니다

세월이 흐르고 흘러
또 봄이 아기처럼 오고
그렇게 억겁의 세월이 지나도
기억할게요

봄꽃처럼 수줍게
이슬처럼 예쁘게
새순처럼 푸르게
사셨노라고

어버이날

하늘이 쪽빛입니다

하얀 머리칼 주름 잡힌 얼굴엔
세월의 흔적이 곳곳에 묻어나건만
그대 얼굴, 오늘은 하늘을 닮아 쪽빛입니다

강물도 쪽빛입니다

쪽빛 하늘이 강물에 녹아 흐릅니다
세월이 강물처럼 흘러
그대 얼굴 한 점 영정으로 남겠지만
그대는 언제나 내 마음속 하늘, 강물입니다

물결 주름

강가에 해가 지면
강물엔
연극 무대처럼
서서히 어둠이 내리고
흑백 세상이 된다

낮엔 보이지 않던
강의 잔물결조차
요동을 친다

마치 초로의 늙은이 잔주름같이
자글자글거린다

눈부시진 않지만
더 이상
버릴 게 없어서 좋다

가을이 강처럼 흐른다

흐린 안개가
흐트러진 머리칼을 풀어 헤치고
가을에 내려앉는다

아무리 목 놓아 울어도
풀리지 않던 가슴 속 멍에가
한 무리 오리가 되어 강처럼 흘러내린다

보려고 애쓸수록 까마득하던
지난 애달픔이
벙어리 냉가슴처럼 아스라이 스러진다

언젠가 다시 이 강에 올 때면
흘러간 강물처럼
세월의 무게에 대답하리라

밤이 내리고
산이 강에 부딪힌다

몽정

고즈넉한 새벽녘
호숫가 달빛 아래
희미한 물안개가 수줍게 옷을 벗고
얇은 이불을 파고드네

언제가 꿈속에서 어렴풋이 느꼈던 여인의 향내
육신이 요동을 치고
불끈 솟아오른 양근에
초승달이 수줍게 걸려 있네

석양

꼬리를 물고 상념이 몰려온다
강물이 흐르듯 시간이 흐른다
그 강물에 노을이 드리우면
옅은 주황색 석양이 강가에 풀처럼 눕는다

차량으로 붐비는 한강 다리에
꼬리를 물고 켜지는 차량의 미등이
마치 가 버린 시간을 잡으려는 듯 요동치며
구렁이처럼 꿈틀거린다

하늘이 강가에 내리고
상처받은 심상이 가을바람에 가늘게 흔들린다
언젠가 겨울이 오면 흔들리는 차량 위에 내려놓았던
가을 녘 석양이 그리워지겠지

마오

떠나지 마오
떠나지 마오

나 그대 위해 한낱 종이 되어도
발길에 채는 한낱 돌이 되어도
그대 숨결만 느낄 수 있다면
이 생명 지는 그날까지
행복할 거요

붙들지 마오
붙들지 마오

내 그대 가슴속 멍에가 되어도
숨을 쉴 수 없는 고통이 올망정
세월이 덧없이 흘러
아무 기억도 나지 않는 날
심연 속 기억을 꺼내
장대비 오는 날
눈물로 씻어 낼게요

눈물 흘리지 마오
눈물 흘리지 마오

아픈 과거는 상처만 될 뿐
아직도 남은 세월이 있으니

애써 비워 낸 도화지에
새하얀 글자라도
써야 하지 않겠소

잡초 같은 인생

바람이 분다
산산이 부서진 가슴에
아린 상처를 남기고
동네 어귀를 휘감아 돈다

어둠이 내린다
기억조차 하기 힘든
풋내 나던 시절의 여린 가슴에
소리 없이 스며든다

세월이 간다
뿌연 동공 속에
희미한 세월의 잔상이
떠오를 듯하더니
이내 깜박 날이 밝는다

아무리 찾으려 해도
아무리 잡으려 해도
허공 속에 실낱같은 인생

어디든 피어나서
해죽 얼굴을 내밀고

질기게도 살아남아
바람에 흔들리는
한낱 잡초였더냐

제 3 부

비가 내렸으면
좋겠다

_____ I hope it rains

비가 내렸으면 좋겠다

가로등 불빛 아래
희미하게 흩날리는
그런 비가 내렸으면 좋겠다

안개비가 내렸으면 좋겠다
소나기처럼 세차게 살았으니
이젠 안개비를 맞고 싶다

그래
언젠가
비가 세차게 쏟아지는 날

빗물인지
눈물인지
나도 모르게
세차게 홍수같이
이 아픈 서러움을
쏟아 내고 싶다

겨울비

고운 눈망울에 미소가 사라지네
짙은 아이섀도 같은 어둠이 내리고
아픈 추억이 이슬 되어 맺힌다

어릴 적 친구들이
내 이름을 놀려 댈 적에
그렇게 콩닥거렸던 서글픔이
지금처럼 아리게 아팠으리라

희디흰 무명옷에 눈물 떨구듯
지금 눈 내리고
눈비가 되어 또 내리니
하얀 가슴에 멍울 맺히네

빗소리 1

얇은 속옷만 걸치고
미동도 않은 채 웅크린다
상념으로 멍울진
침대 머리맡에
어미 젖가슴 같은
빗소리가 내린다

언제부턴가
나를 잃어버렸다
어릴 적 소나기 내리면
형아 손잡고 폴짝 뛰어
비 피하던
동네 어귀 고목나무조차
기억이 희미하다

돌아누운 눈가에
빗물처럼 서러움이 내리네
이 비 그치면
가슴속 옹이가
소나기처럼 쏟아지려나

빗소리 2

빗소리를 듣고 싶거든
문을 닫아
소리 없이 내리는 안개비조차
온전히 그대 마음에 젖어 들도록

빗소리에 취하고 싶으면
밤을 기다려
술 한 모금 마시지 않아도
밤비 소리에 취하고 또 취해
취객처럼 몸을 흔들며
비를 노래하리니

빗소리에 가슴이 뛰려면
나이를 잊어
한줄기 소나기 내릴 때
동네 어귀 고목나무로
뛰어들며 깔깔대던 네 어린 미소가
빗소리에 묻어날 테니

동트는 새벽 가을비

가을비가 토닥토닥
동도 트지 않은 아침을
가볍게 두드리네

포도 위엔 형형색색
만추의 낙엽이
금세 빗물을 흠뻑 머금고 있네

무에 그리 바쁜지
자동차는 서로 뒤질세라
깜빡이등을 켜고 앞서거니
뒤서거니 꽁무니를 뺀다

토닥토닥 늦가을 빗소리에
백일 아기가 트림을 한다

장맛비

지나온 세월보다
살아갈 시간이 작아
언제부턴가
계절조차 잊어버렸다

회한의 고뇌로
밤을 뒤척이다가
문득 뜬 실눈 속에 까만 세상은 언제나 똑같다
어둠 속엔 아무도 말이 없다
내 편도 없다

어릴 적 방과 후 돌아온 집이
텅 비어 있을 때
가슴 콩닥이며
어쩔 줄 몰라 하던
그때 환영이 떠올라
가슴 밑바닥이 아려 온다

창밖에 토닥토닥
벌레 기어가는 소리에
창문을 여니
여름 장맛비가
밤새 눈물 되어 내린다

겨울비

여름비는 사납다
행인의 어깨를 두드리고
어린애의 여린 머릿결에도
사정을 두지 않는다

겨울비는 별미다
사납지 않고 잔잔하다
엊그제 내려 쌓인
응달 눈조차 깨우지 않으려
애쓰며 내린다

한편엔 눈사람이
성형한 콧날 죽이지
않으려 애쓰고 있다

겨울비는 내려도
가슴이 따뜻하다

빈 의자

고즈넉한 산속에서
누군가 날 응시한다

다가갈수록
온갖 상념이 요동친다

잠시 앉아
숨을 가다듬으니
가슴 옹이가 녹아내린다

인연

눈빛만 마주쳐도
따스함이
잔잔한 호수 물결같이
번져 오는 게
인연이라 여겼소

그대가 상념에
밤을 하얗게 뒤척일 때
나 가슴 아파
종종걸음 치며
온갖 잔상들이 꿈의 조각 되어
밤새 파편으로 휘몰아칠 때
그게 인연이라 여겼소

퍼내어도
퍼내어도
메마르지 않는 화수분처럼
넉넉한 가슴을 빌고 또 빌었소
그게 인연을 간직할 수 있다 믿었소

이제
인생 한고비 넘어
문득 뒤돌아보니
희뿌연 안개 속에
잡힐 듯 잡힐 듯

자욱하게 피어나는
그대의 숨결이
인연임을 알았소

한강에서

바람 한 점 없는 한강 풍경이 한없이 고즈넉하다
산들바람에 느티나무의 잎이 가볍게 떨리더니
이름 모를 꽃잎이 날아와 가볍게 포옹을 한다

한강에 물결이 인다
너무 가녀려서
보일 듯 말 듯한
가는 주름이
물결에 잡혔다 사라진다

손에 잡힐 듯 가까워 보이는
모래턱엔
물오리 한 쌍이 한가로이 노닐더니
잠깐 한눈판 사이
보다듬고 졸고 있다

산들바람이
한강 어깨를 흔들어 깨워도
강나루 언덕엔
여전히 들장미가 졸고 있다

秋光(추광)

늦가을 저무는 햇살에
등이 따시다

휑하니 뚫린 가슴에
가을바람이 조용히 내린다

소스라치게 놀란 솔방울이 어미 품속을 탐하듯
떨어져 뒹굴고
어느새 눈시울이 붉어진다

한 방울 눈물 떨구니
무심한 강물에
어둠이 내려앉는다

포레스트 검프(영화를 보며)

이태원 압사 소식에
세상이 하얗게 얼어붙었다

포레스트 검프,
불행한 인생 속에도
행운의 여신이 끝까지
끈을 놓지 않는다

추억은 아리다
슬픔 속 절망과 미움이
사그라들고
앙상한 기억이 남아
늦가을 단풍처럼
마지막 안간힘을 쓴다

이 길이 운명이든
이 길이 우연이든
자그마한 바람에도 흩날리는
바싹 마른 낙엽일 뿐

저세상 가는 길
세상 내음 잠시라도
더 맡고 싶어 발버둥 치네

슬픔이 목에 차
숨을 쉴 수조차 없다

에브리타임 룩앳유(영화를 보며)

슬픔이 목까지 차오를지라도
그대에게 행운이 올 거라
믿어야 하오

우연히 누군가를 만나거든
진심을 숨기지 마오
누군가도 그대를
진심으로 사랑하지만
두려움에 맘을 숨길지도 모르오

풀밭에 빼꼼 머리 내민
풀꽃 한 송이에도
감동이 있소
사랑에는 크기가 없소
단지 깊고 얕음이 있을 뿐이오

아무도 내 진심을 몰라주어도
슬퍼하지 마오
세상은 원래 그런 곳이고
우린 그래서 이미 슬픈 것이오

낙엽

걸음걸음 발아래
굴러온 누런 낙엽 하나
살짝 밟을까 하다 툭 차 버렸습니다

힘없이 바스락 쪼개어진 낙엽을
멍하니 바라보다가
가던 길 걷습니다

그냥 씩씩하게 걸어 봅니다
주머니에 손 넣고
다 괜찮을 거라고
뒤돌아 부서진 낙엽을 보며 웃어 봅니다

겨울 끝자락 쏠비치

바람이 분다
겨울 끝자락을 붙잡고
파도 소리에 묻힌
바람이 분다

아무리 눈을 비비고 봐도
바람은 흔적이 없다
세월이 흐르듯
바람도 흘러간다

겨울 끝자락은
오늘만큼은 외롭지 않다
바람 소리 끄트머리에
묻어나는 봄 내음에
나이 잊은 초로의 가슴도
깜박 설렌다

파도가 잔물결을 일으키고
이마에 얽힌 주름엔
세월의 잔바람이 인다

쏠비치 바닷가에
추억을 새기니
겨울 끝자락이
옷깃을 여민다

마음 바람

월정사
전나무 가지에
겨울이가 봄을 만나
다정한 속삭임에
사랑 꽃이 피었네

언덕 한편에
사연 많은 눈 무덤이
홀로 외롭네

겨울 끝자락에
봄 내음 바람 스치니
풍경 소리에
마음이 아득하네

잘린 나무에도 새순이 돋네

새순으로 피어나
첫 세상 맞이하던 날
얼마나 기뻤던가

온갖 풍파 견뎌 내고
백 년 고목 되리라
그대 쉼터 되리라
다짐했었지

세상살이
모진 풍파에
이리저리 흔들리다
이젠 이름 모를 골짜기
한낱 그루터기로 남았네

아, 찬란한 봄이 오고
여기저기 앞다퉈
봄꽃 나들이에
탄성이 터진다

잘려 나간 몸뚱아리
부여잡고
바싹 말라 타들어 가는
그루터기에도
한 떨기 새순이 돋는다

눈길 닿지 않아도
가녀리게 피어나
그대 마른 가슴에
희망을 주네

새색시

서슬 퍼런 시어머니가
부엌을 지키고 서 있다
가슴에서 울화가 치밀고
두려움이 뒤섞여
새색시 옷고름이
저 멀리
내동댕이쳐진다

새신랑의 각시 사랑은
오뉴월 삼복더위에 지쳐
벙어리 냉가슴 앓듯 한다

모락모락 굴뚝 연기에
배불뚝이 영감이
헛기침을 하고
새색시 등어리엔
굵은 땀방울이 서릿발처럼 맺혀 있다

하와이

훌라 춤을 추리라
석양 노을이 너무 예뻐서

파도를 타리라
바다 포말에 몸을 맡기며

마냥 걸으리라
야자수 그늘 속 향기로움으로

따스함에 몸을 맡기리라
화산 끓어오르는 연기 속으로

숲속에서 길을 잃으리라
영화 속 아바타가 되리니

지그시 눈 감으리라
다시 피어나는 하와이 내음 속으로

홋카이도

비행기 날개에
부푼 고무풍선을 매달았다

한이 많은 나라
가깝고도 먼 나라
지구 한 귀퉁이에 불과하다
싸우지 마라

단풍이 수채화처럼 열리고
지구 한복판의 열기 속에
몸을 담그네

온천 수증기가 모락 피어나
여기가 천국이로세

사무라이 말발굽 소리에
문득 눈을 떠 보니
어느새 말은 사라지고
홋카이도에 밤이 내리네

제 **4** 부

개털

_____ Dog hair

개털

개털이 개털인 줄 알면 개털이더냐
꿈을 꾸며 살았더라
깨어났더니 그제야 꿈속에서 살았더라

밀림의 사자가 산중 호랑이가 개털 될 줄 어찌 알았더냐

개털은 개털이라 여기지 않더라
어느 날 깨어났더니 개털이더라

삶의 고비를 몇 고개 넘었더니 개털 되더라
일 원 한 푼 쳐주지 않는 개털이더라

그냥 살다 가거라
개털이 개털인 줄도 모르고 개털처럼 사는 게
그게 인생 아닌가

악몽, 그 숨 막힘

보고 싶지 않아
가슴이 답답해 터질 것 같아
작은 인기척에도
숨이 막혀 오고
질식할 것 같은 공포에
침을 삼켜 보지만
아무런 느낌이 없어

그냥 떠나고 싶어
이 사람만 없다면
숨만 쉴 수 있다면
눈 뜨지 않아도 좋아

달그락 소리에
깊은 한숨을 몰아쉬지만
호흡이 되지 않아
가슴이 답답해
몸을 움직여 보려 해도
비명을 질러 보려 해도
아무것도 할 수 없어

이대로 영원히 잠든다면
아무도 없는 곳에서
편히 숨 쉴 수 있을까?

갈증

갈구할수록
목마름으로
더 몸부림쳐야 해

놓아 버리렴
우리 태어날 때
주먹 꼭 쥐고 울지 않았니
이만큼 살았으니
이젠 웃으며
놓을 줄도 알아야 해

아무리 갈증 나도
그대 몇 잔 물에 목 축이면
그만 아니오

이 세상 물 아무리 많아도
내 마실 물은
몇 잔뿐이잖소

벌레

밤새 영혼이 흔들리고 있어
벌레 갉아 먹히듯
속절없이 흐느끼고 있어

아무 생각도 나질 않아
기억의 절반은
이미 내 것이 아냐
무리 지어 내 영혼을
파먹고 있어

그래,
이렇게 영혼이 닳아
더는 파먹힐 영혼조차 없어지면
벌레도 날 떠나겠지
너도 날 떠나겠지

굴레

혼란스러운 시간들
억눌린 감정에
조여 오는 가슴

인생은 회중시계
벗어나려 애쓸수록
돌면 돌수록
항상 같은 방향
종점은 원점

벗어날 수 없는 굴레

群像(군상)

무리 지어 오가는
그들 사이에
나는 없다

거기엔
이제
작은 기쁨조차 슬픔이 되어 버렸다
아니, 슬픔조차 느낄 수 없다

초점을 잃어버린 눈빛과
무의식적으로 발을 내딛는
목적지조차 없는
군상들

나를 찾고 싶다
지독한 외로움 속에
찌들고 찌들어
말라비틀어진
군상 속의 나를

악취

생각할수록 화가 나
세상은 모순덩어리

고사리손에 몽당연필로
일기장에 그려 낸 내 어린 영혼에
상처를 주지 마

세상 사람들은
순한 얼굴을 하고
내 영혼을 삼키려고 해

화내고 싶지 않아
더 이상 내 맑은 영혼에
악취를 풍기지 말아 줘

깔딱고개

길을 갈 땐 고개를 숙여
내 발 내디딜 수
있음에 감사하고
땅에게 기도해

걷다가
수많은 사연이
길 위에 흔들릴 때
미소 한 번 지어 줘

후일 이 길 걷는 이에게
좋은 이야길랑
남겨 두고 가야지

수많은 길 중에
왜 이 길이냐
원망하지 마
나 아닌 누군가도
이 길을 걸었고
그땐 길 위에
사연조차 없었으니

걷다 지치면
하늘 한 번 쳐다봐
지친 육신

한 움큼 구름 조각 되어
위로되리니

걷다가
걷다가
깔딱고개 이르거든
멈춤 없이 걷고 또 걸어

어느새 고개 넘으면
길 끝 보일 테니

여울목 돌아

눈 녹은 계곡 투명한 얼음장
사연 모를 여울목엔
마음 바쁜 나그네
보따리 둘러메고
길 재촉하네

계곡물 마중하고
강물 조우하니
가던 길 늦추고
사연일랑 들어 보세
어미 손 놓고
그리 바삐 흘렀으니
그 사연 깊고 깊으리

굽이굽이 마음 담고
온갖 얘기 들어 가며
깊은 속내 숨겨 가며
세월 따라 이 강 저 강
마지막 번뇌 담아
강 여울목 돌았더니
끝도 없는 수평선 위
내 몸 누일 바다로세

중년, 그대 아름다워라

봄꽃 같은 청년
단풍 같은 중년

가을 단풍이 봄꽃보다 아름답다

봄꽃은 여리게 피어나
잠시 화려함 뽐내고
앞다퉈 꽃비 되어 흩어지니
사연 만들 시간이 없다

세상 소외 속에도
묵묵히 풍파 견뎌 낸
가을 단풍은
사연 많아 아름답다

온몸 구석구석
세월의 고뇌 짙게 배어
가을바람에 미련 없이
낙엽 되어 뒹굴다가
어린 소녀의 일기장 갈피 속
바싹 마른 단풍으로
남을 수 있으니

사랑, 목마름

바람 되리라

그대, 가슴에 잠시
스쳐 갈 수만 있다면
밤새 울어 대는 대나무 숲
바람이 되어도 좋소

눈물 되리라

그대, 살다 지칠 때
위로가 될 수 있다면
한 방울 눈물 되어
언제든 떨어져
산산조각이 되어도 좋소

향기 되리라

그대, 홀로 어둠 속 걸을 때
등불이 될 수 있다면
내딛는 걸음마다
이 몸 불태워

한순간의 향기로
사라져도 좋소

스무 살의 꿈

10대,
참 아름다웠어
친구들과
토닥거렸던 아린 기억조차
지금은 예쁘기만 해

지난 기억은
오래된 책갈피에서
문득 찾아낸
퇴색한 나뭇잎 같아서
진한 향기가 나

20대,
눈 뜨면 마주하는
현실의 벽이 너무 높아

다들 종종걸음 치며
옆도 돌아보지 않아
친구 얼굴에도 온기가 없어

세상은 홀로서기
미래는 누구나 두려워
지나고 보면
그냥 추억될 거야

넌 너의 길을 걷고 있잖아
바람이 불면
옷깃 여미면 되고
비가 오면
그냥 맞아도 괜찮아

상처 난 과일이 더 달 듯이
뙤약볕 맞으며
노래 불러 봐
그렇게 묵묵히
내 길을 가다 보면
언젠가
행복의 강기슭에서
가슴으로 노래할 수 있을 거야

바람 같은 인생

훈풍이 분다
세상만사 내 맘대로
이승이 천국일세

산들바람이 분다
가던 길 멈춰 서서
동무 손잡고
냉수 한 모금 들이켜니
꿈결 같은 낮잠일세

찬 바람이 분다
아슬아슬 광대 줄타기하듯
흔들리는 삶의 고비에
이리 불면 어찌할꼬

태풍이 분다
몇백 년을 살아온
고목조차 뒤흔드니
백 년도 안 된 내 삶 뿌리 산산조각 나
흔적 찾을 길 없네

바람아 바람아
스치고 스쳐
내 맘 다치지 않게
네 갈 길만 가거라

파도

너는 바람의 친구

바람 따라 흐르다가
이름 모를 갯바위에 부딪혀
산산조각이 나도 바람을 탓하지 않아

너는 하늘의 친구

해 뜰 녘 쪽빛 얼굴에
반짝 세수하고
해 질 녘 여인네 얼굴마냥
볼에 홍조를 띠지

너는 등대의 친구

쪽빛 바다에 띄운 조각배
작은 출렁임에도 정처 없이 흔들리네
내 마음의 북극성 되어 언제나 그 자리에

너는 나의 친구

봄꽃 바람 향기 실어
여름이면 넘실 등어리 내주고
가을 낙엽에 배 띄우고
겨울 연인들의 추억

내려놔

그대,
삶은 너무 가벼워서
내려놓을 것이 없다고 했지

문득 마주친 군상 속에 네 모습을 찾아봐
거울 속에 비친 네 영혼을 찾아봐

타인처럼 비친 네 모습에
세월의 무게가 보일 거야
그럼 그때 내려놓으면 돼

합이 60

한 잔 들이켜니 세상이 내 것이네

20대, 겉멋에 위스키 40도 한 병
합이 60
부어도 부어도 애드벌룬 열기구 같아
끝없이 하늘로 떠오르네
하루 종일 뱅글뱅글 똑같은 일상사
그래도 매일이 전쟁터

30대, 연태고량주 30도 한 병
합이 60
내일 근심일랑 잊자
그날이 그날이잖아
쌓여 가는 걱정 뒤돌아보니

어느새 40대,
독한 소주 20도 한 병
합이 60
세월의 시계를 되돌릴 수만 있다면
서울대 수석도 할 수 있어
소주 한 병에 취한 게 맞지?
거울 앞에 비친 내 모습
표정이 없네

어딜 가나 안절부절 50대,
막걸리 5도 2병
합이 60
이젠 맑은 술보단 목구멍에 걸리는 걸쭉한 게 좋아
흰 머리칼에 세월 고드름이 주렁주렁 걸렸네

흔들어도 떨어지지 않아

60대, 뭘 먹지? 아내에게 물어봐
그대 있어 긴 세월 외롭지 않았어
육십에 돌아보니
세상사 아무리 힘들어도 술~ 술~ 살아온 건
그대 술 있었기에

내 맘으로 와요

그대여
나 겹겹이 닫힌 마음
바람조차 불지 않는 곳
어둠에 익숙해져
희미한 빛조차
이젠 두렵소

봄이 와도 새순 돋지 않으니
계절은 잊히고
비가 내려도
한 줌 빗물 담아 둘 곳 없으니
황무지엔 마음 먼지만 가득하오

그대여
이런 내 맘조차
기꺼이 보다듬을 수 있다면
내 맘으로 와요
닫힌 마음 문에 진한 녹이 슬어
삐걱 소리 나겠지만
애써 열어 보겠소

흔들리는 사랑

님은 내게 불꽃같은
생명을 주었소
그대 입김에 깨어난
내 몸뚱아리는
이제 온전히 그대 것이요

비록 님의 사랑이
허상일지라도
나 그대로 인해
사랑 배웠으므로 행복하오

스친 사랑일지라도
내 영혼의 끝 모를 아득함은
천상의 불꽃이었소

이제 그대 떠나
문지방 드나드는
뭇사람에게 애처롭게 흔들리고
서러운 눈물이
온몸에 조각되어
흘러내리건만
그대 육신의 향내는
이미 내 몸에
겹겹이 배었소

내게 생명을 준 그대여
비록 나 작은 불꽃이라
그대 싸늘한 마음
태워 내지 못했으나
아쉬운 연기라도 품어서
내 아픔의 그림자를
비 오는 날 수채화로 그려 내리다

한 마리 새처럼

육신에 매인 영혼이라
언제나 담이 결려 있어
영혼은 자유로와야 해
그러려면 억지로 힘쓰지 마

인생은 한 모퉁이
중간에 우뚝 서려 하지 마
군상 속에 섞이면 아무도 관심이 없지
차라리 모퉁이가 좋아
군상에서 언제든 떨어져 나올 수 있잖아

우린 언제나 새처럼 날 수 있어
짐을 내려놓으면 한 줌 바람에도 몸이 떠오를 거야
새들이 날 수 있는 건 날개가 있어서가 아니야
그들의 영혼은 언제나 허공에 있지
그래서 땅을 딛고 비상할 수 있는 거야

양수리 연가

강물에 하늘이 내려앉아
은빛 물고기 떼로 반짝이네

그날은 비가 내렸지
다리 난간에 기댄 채
소리 없는 흐느낌에 몸을 맡겼어
흐느낌이 깊어 강물조차 멈추고
빗소리도 숨을 죽인 채
나의 시계는 멈춰 버렸지

강물 흐르듯 진한 애달픔도
그렇게 흘러 빛바랜 채
양수대교 난간에 걸려 흔들리고 있었어

이제, 긴 세월 돌아드니
그대 얼굴조차 안간힘을 써도 기억나지 않지만
저 멀리 먹구름 몰려와
빗방울 떨어지면
양수대교 난간에 걸린 빛바랜 연가를
목 놓아 부를 수 있으리

제 5 부

사랑목

_____ Elephant bush

사랑목

두 몸 하나 되어
수백 년을 지냈으니
다툴 만도 하련만

언제나 그 자리에
내 몫 내어 주고
내 님 가지에
한 떨기 꽃
떨어짐조차
아쉬워
그렇게 위로하며
껴안고 서 있네

한 마리 이름 없는 새는
저리도 외롭고
한 송이 꽃조차
이리 외로워도
사랑목
향기에
나 외롭지 않아

샹들리에

한껏 치장을 하고
거기에 애교까지 더했어
밤이 오면
님의 사랑이 짙어져서
내 몸은 더 뜨거워지지

난 언제나 그 자리에서
님을 기다려
숱한 연인과
가슴 아린 사연이
날 스쳐 가지만
짝사랑 앓이 하는
내 마음은 아무도 몰라

불이 꺼지면
나도 빛을 잃어
많은 이들이 꿈을 꿀 때
난 또 내일을 위해 치장을 하지
언젠가 찾아올 내 님을 위해

넌 스펀지

스펀지 같은 사랑을 품어
짜내고 짜내어도 그대 사랑 끝이 없네

스펀지 같은 가슴을 가져
나의 허물 쉼 없이 품어 주니
그대 가슴에 눈물을 묻는가
어미 젖가슴 찾아 갓난아기 손 더듬듯
나, 그대 가슴에서 편히 쉴 수 있으니

육신에 서릿발 내려 꽁꽁 얼어붙어도
다시 돌아올 봄날을 위해
그대 가슴에 기대리

그대 지울 수가 없어요

한낱 햇살에
꽃 피어나는데
그대 그리움에
내 맘엔 매일 꽃이 지네요

우리 만남
언젠가는 이별할 줄 알았으나
정작 이렇게
그대 떠나고
빈 들엔 야생화 몇 송이만 바람에 흔들릴 뿐
내 맘엔 휑하니 바람만 불고 있어요

평생을 지워도 지워지지 않을 만큼
사랑 주신 그대여
매일 한 송이 꽃 지듯
그대 사랑 덜어 낼지라도
내 맘속에 남겨 둔
그대 꽃은 다 지워 낼 수 없어요

바람 때문이 아니야

구름이 흩어지고
꽃잎이 꽃눈 되어 날리는 건
바람 때문이 아니야
구름이 모였다 흩어지고
꽃잎이 제각각 떨어질 뿐

꽃이 흔들리는 건
바람 때문이 아니야
내가 외로우니까
꽃이 흔들리는 거야

외로움에 익숙해지면
마음에 바람이 불지 않지

바람이 불지 않으니
꽃은 흔들리지 않고
꽃이 흔들리지 않으니
내 맘도 흔들리지 않는 거야

철길에 올라서

철길에 올라서
눈을 감아 봐
멀리서 콩닥거리는
설렘으로 달려오는 기차 소리에
님의 사랑이 느껴질 거야

철길에 올라서
철길 아래
죽은 듯 누워 있는
나무를 만져 봐
평생 무거운 짐 지고도
눈물 없이 견뎌 준
애절함이 묻어날 거야

철길에 올라서
철길 위를 걸어 봐
아무리 걸어도
그대 길 잃지 않게
옆에 또 다른 철길이
동무 될 거야

멍때려

생각이 생각을 낳아
생각을 멈춰야 해
번뇌에서 벗어나려면
아무 생각도 하지 마

멍때려

세상이 아무리 어두워도
한 줄기 빛이면
어둠은 순식간에 사라지지

도로 위에 차량이 줄지어
막히다가 어느새 뻥 뚫리잖아
그 많던 차들이 허공으로
솟아오르지도 않았는데

인생이 꽉 막힌 느낌이 들 땐
아무 생각도 하지 마

멍때려

검은색 꽃

검은색 꽃을 본 적이 있는가?

세상 사람들은 꽃을 보며
탄성을 지르지

꽃은 컬러 빛으로
세상에 온갖 수를 놓아서
누구나 꽃을 좋아하지

형형색색 꽃들이
수채화를 그려 내고
가을이 오면 잎조차
뒤질세라 세상을 물들이지

검은색 꽃을 본 적이 있는가?

세상은 화려한 컬러 빛
화려함 뒤엔 언제나 슬픔이 있어

온갖 번뇌를 걷어 내야 해
그럼 밤이 오고
검은색 꽃이 피어나지

그대 아픔이 진할수록
더 진한 검은색 꽃으로 피어날 거야

흔들리는 건

꽃잎이 흔들리는 건
기다리던 하얀 나비와
조우하고 싶어서

나뭇가지가 흔들리는 건
둥지로 돌아와
편히 쉬고픈 새들과
얘기하고 싶어서

촛불이 흔들리는 건
바람에 실려 온
옛 추억을
되살리고 싶어서

내 맘이 흔들리는 건
너의 영혼이
편히 쉴 수 있게
사랑 둥지를 만들고 싶어서

눈 오던 날의 꿈(신입사원 연수)

눈 오던 날
우리는 꿈을 꾸었지
순백으로 빛나던 그런 꿈을

세상은 온통 은빛으로 반짝이고
심장 고동 소리는
미지의 바다로 떠나는
뱃고동 소리보다 컸었어

지금
세월 지나
흰 머리칼이 진한 기억 속
눈처럼 내렸지만

우리 언제 어디서
어떤 모습으로 만날지라도
빛바랜 세월의 무게보다
지난날 꿈이 더 반짝이고 있으니

올겨울
함박눈 내리면
옛 기억 속 친구 얼굴
하나하나 세어 가며
보듬어 가세

화이트 크리스마스

겨울 햇살이
눈이 부시게
흰 눈 위에 수를 놓네

징글벨 종소리에
푸드덕 까치 나니
나뭇가지 대롱대롱
하얀 모닥불 피우네

흰 눈 속
마른 풀잎엔
겨울바람이
아장걸음 아기 춤사위로
대롱대롱 걸렸네

한강 봄나들이

봄 햇살이
꽃비 되어 내리고
물결 위엔
은빛 갈매기 떼가
눈이 부시다

한 무리 물오리가
해녀마냥
쏜살같이 자맥질 치니
깜짝 놀라 물결이 일고
그 물결 속에
또 물결이 인다

자전거 페달 소리에
도로 위 참새들이
나무 새순 위로
종종걸음을 친다

아빠 등 뒤에 앉아
자전거 타는
열 살 소녀의
미소가
봄 햇살같이 수줍다

새해

얼음장 아래
바스락 봄 소리에
씀바귀 쫑긋 귀 내미니
봄 내음 향긋하네

한바탕 소나기에
종종걸음 내달린 처마 밑
빗물 대롱대롱
여름 걸렸네

감꽃 꿰어
한 움큼 떫은맛 보이더니
어느새 까치밥 홍시가
가을 하늘에 아슬 매달려 있네

새벽녘 서설 내려
온 천지가 눈부시게
하얗게 눈꽃 피니
동지섣달 동장군이
덩실 춤을 추네

흐르는 강물처럼
세월은 정처 없이 흘러
또 새해가 코앞이네

창문 살짝 열었더니
엿보던 새해가
하얀 머리칼에
내려앉네

강물이 흐르지 않아

잔물결만 일어날 뿐
강물이 멈춰 버렸어

아무런 생각도 할 수 없어
내 인생도 멈춰 버렸어

가슴속의 물결은
이리 요동치는데
시간이 멈춰 버린 듯
생각의 강물은 더 이상 흐르지 않아

언젠가
가는 빗줄기 속
그대 마음 사랑
한 방울만 빌려준다면

서러운 눈물이
폭포수 되어 흘러넘쳐서
강물은 다시 흐를 수 있을 거야

천천히 가

앞만 보고 달렸잖아
가끔씩 후진도 해 봐
느리게 가는 삶이
더 평온해

시간은 누구에게나 공평한데
누군 더 길고
누군 더 짧게 느끼지

천천히 느리게 가 봐
시간이 길어져

숨이 턱에 차고
머리가 새하얘질 땐
뒤를 돌아봐

지나간 시간이
몽글몽글 피어나
아픔을 달래 줄 거야

조금만 천천히 가
그대 뒤에
다가오는 이름 모를 사람들의
작은 숨소리조차 들을 수 있다면
너의 영혼은 더 맑아질 거야

이제 그만 놓아 버려

이제 그만 놓아 버려

네가 없는 들판에 바람이 불고
밤하늘에 눈부시게
별이 돋아날 때
너의 이름을 부르리

이제 그만 놓아 버려

한여름 개울가에
이름 모를 들꽃이 흔들리고
그 물결에 주름 잡힌
세월이 무심으로 흐를 때
너의 숨결을 느끼리

이제 그만 놓아 버려

아무리 불러도
지난 세월은 대답이 없고
바람이 불 때마다
흔들리는 가슴에
실낱같은 불씨가 살아날 때
널 영원히 기억하리

거기서 거기

왜 나만 그래
왜 나는 이래
원망하지 마

인생 다 거기서 거기

언제 나는
어디 나는
비교하지 마

인생 다 거기서 거기

젊은이가 늙음을 모르듯
늙은이도 죽음을 모르듯
머리칼에 흰 눈 내리면
다들 떠나야 할 세상
내려놓고 살아

인생 다 거기서 거기

엄마 얼굴

고사리손으로
몽당연필 쥐고
안간힘을 써야
그릴 수 있던
엄마 얼굴

그림 속 엄마는
언제나 웃고 있었지
꽃보다 예뻤던 엄마

가을 들판의 야생화처럼
언제나 바람에
흔들렸지만
꺾이지 않던
그대 이름은 엄마

지금
가을 들판에
지천으로 야생화가 피어나건만
그대는 왜 다시 볼 수 없나요

들판에 해 지고
차가운 별들이
하나둘 피어날 때면

꿈속에 도화지 속 얼굴로 나타나
너의 거친 가슴을
달래 주리니

꿈속 그녀를 위해
이젠 훌쩍 커 버린
너의 키만큼

세상 다른 누군가에게
엄마 같은 큰 사랑을 나누어 주렴

풀꽃처럼 살자

때가 되면
어디든 피어나
홀로 흔들려도
바람에 쪽빛 마음 씻고
벌레조차 친구 삼는
넌 풀꽃

풀 무덤에 피어나
고개 숙인
할미꽃은
사연 많은 영혼에 위로가 되지

언제나 그 자리를 지키며
홀로 피어나 홀로 지는 풀꽃처럼 살자

아무도 바라봐 주지 않아도
아무도 예뻐해 주지 않아도
원망 없이 살다 가는
풀꽃처럼 살자

모래 알갱이

강물에 발을 담가 봐
발바닥에 모래 알갱이가
물결 따라 흩어지며
작은 원을 그리지

모래가 쓸려 간 자리에
또 다른 모래가 쓸려 오고
발에 힘을 줄수록
모래 알갱이는 빨리 맴돌지

살포시 발을 들어
강 물결에 띄워 봐
모래 알갱이도
네 발가락을 따라
천천히 맴을 돌 테니

한강 일출

붉디붉은 그대
양기 가득 품고
솟아오르니

말없이 흐르던
한강 물은 수줍음에
얼굴에 홍조를 띠네

은빛 물결 위에
잔잔한 바람이 일고
바다를 향한 그대 바람이 깊디깊어
눈부신 하루가 또 기지개를 켠다

고목

껍데기가 비늘처럼 부서진다
겹겹이 쌓인 인고의 세월
바람 한 점 없는데
허물을 벗는다

무심한 세월을 견디고 견뎌
고목이 되었건만
한 몸에서 잉태한 가지마다
그만의 흔적이 있다

고목의 가지는
한 가지에선 잎이 돋고
또 다른 가지는 이미
생명이 없다

생명 잃은 가지조차
고목에겐 소중하고
그래서 보는 이에게
감동을 준다

어느 아득한 날
누군가 여기에 와서
턱 고이고 나 같은 번민에
휩싸일 때
묵묵히 자릴 지키며

그대에게 위안을 주리니

고목에는 꽃이 피지 않지만
삶과 죽음을 한 몸에 휘감고도
위안을 주는 그대가 있어
내 맘에 새순이 돋고
향기로운 꽃이 피는구나

濁流(탁류)

백두의 정기가 맥박 치며
한라까지 단숨에 내달린다
하나 거침도 한숨 쉼도 없다

끊으려야 끊을 수 없는 나라
산등성이 마디마디엔
해와 달이 걸리고
맑고 아름다운 노랫가락이 메아리친다

조선의 끝자락에 피멍 든 세월
인고의 삶에 햇살 가득
대한민국이 열리고 고희를 넘긴 이 나라

여기가 끝이던가
풋풋한 정기와 따사로운 인정은 어디로 갔나
이 나라는 한낱 촌부의 삶에 불과했던가

촛불 같은 나라
악을 선이라 하고 거짓을 참이라 하네
그런 세상에 모두가 눈을 감는다

백두의 탁류가
한라까지 넘쳐 나니
아, 헛된 꿈이여
그대는 지금 어디로 가는가?

번외

———— Conte

콩트 5편

칠성사이다

복남이는 학교에서 돌아오자마자 책가방을 건넌방에 집어 던지고, 황소를 몰고 풀 먹이러 황급히 냇가가 보이는 언덕으로 향한다. 제법 풀이 돋아나 있어 소를 언덕에 풀어놓고 눈을 감는다. 하늘에는 뭉게 구름이 햇살을 가렸다 풀어 헤쳤다 하는 통에 눈을 감고 있어도 뭔가 형체가 눈앞을 하염없이 지나는 듯하다. 오늘 학교에서 일어난 일을 생각하니 얼굴이 발그스레하게 붉어진다.

"복남아, 오늘 전학 온 수지랑 같이 앉도록 하렴." 선생님께서 눈을 찡긋하시며 수지를 내 옆자리에 앉히신다. 시골뜨기 복남이는 이제 국민학교 5학년인데, 여태껏 이렇게 예쁜 여학생을 처음 보는 터라 가슴이 쿵쾅거려 터질 것만 같다. "안녕, 나 수지야. 우리 친하게 지내자." 눈도 마주치지 못하는 복남이는 기어들어 가는 목소리로 "응~~ 어어." 시간이 어떻게 흘렀는지 모르겠다.

복남이는 풀밭에 누워 흘러가는 구름 위에 수지 얼굴을 그렸다 지웠다를 하다가 깜박 잠이 들었다. "음매~" 소리에 눈을 떠 보니 어느새 해는 서산으로 기울고, 황소는 제법 풀을 먹어서 배불뚝이가 되어 있는 게 아닌가. 서둘러 집으로 돌아가는 길에도 온통 수지 생각에 하마터면 논둑으로 미끄러질 뻔했지만 마냥 즐겁기만 하다. 배에서 꼬르륵 소리가 나고 집에 다다를 즈음엔 이미 해가 넘어가고 있었다. 엄마가 다짜고짜 소리를 지른다. "아고, 이놈아, 와 이리 늦노. 얼렁 와서 강냉이죽 한 사발 묵거라." "아, 또... 언제 쌀밥 한번 무 보노."

어느덧 시간이 흘러 가을 소풍날이다. 근처 큰 강가로 소풍을 가기로 되어 있다. "난 소풍이 싫어. 그 흔한 김밥 한번 싸 가지 못하고, 매번 찐 땅콩, 밤, 고구마에 맨밥 벤또를 싸 주시니 동무들에게 놀림감만 되잖아..."

다들 옆 동무와 손을 잡고 소풍을 간다. 수지가 선뜻 손을 내밀며 "우리도 손잡아야지." 얼굴이 홍당무가 되어 손가락을 접었다 폈다 하고 있는데, 차가운 기운이 손끝에 느껴졌다. 아, 수지는 손이 참 차갑구나. 마치 한겨울 예쁜 눈사람 같아...

선생님들은 학부모들과 어울려 왁자지껄하게 떠들고 있다. 술 한잔 하더니 다들 종달새처럼 떠들어 대느라 학생들은 안중에도 없다. 수지가 내 귓가에 대고 귓속말로 "우리 저기 강이 보이는 바위 언덕에서 점심 먹을까?"라고 하길래, 엉겁결에 "어~~ 어~ 응."이라고 하고 말았다. 사실 거긴 위험해서 선생님께서 절대 가면 안 된다고 하는 곳인데. "그래, 뭐 어때. 선생님들은 취해서 우릴 보지 못할 거야."

언덕에 다다르니 꽤 넓고 평평한 바위가 있어 거기에 자리를 잡았다. "복남아, 이거 먹어." 수지가 내민 손에는 구멍가게를 지날 때마다 침을 삼키며 구경만 했던 칠성사이다가 쥐어져 있는 게 아닌가. 난 앞뒤 가릴 것도 없이 냉큼 받아 들고선 벌컥벌컥 단숨에 들이켰다. "호호호, 복남아, 천천히 마셔. 가스가 있어서 토할지도 몰라. 근데 너무 멋있는걸, 복남아." 수지가 깔깔대며 웃는다. 나도 멋쩍어서 머리를 긁적이며 웃는 시늉을 한다. 세상에나, 칠성사이다가 이런 맛이었구나. 뽀글뽀글 올라오는 물방울에서 수지 냄새가 나네.

어제 종일 소 풀을 먹이느라 피곤했는지 깜박 잠이 들었나 보다. 선생님들이 고함을 치고 아이들이 몰려들었다. "수지가 물에 빠졌어! 수지가 물에 빠졌어!" 다들 발을 동동 구르고 있었다. 복남이는 순간 머리가 하얘지며 물길에 쓸려 가며 오르락내리락하는 수지를 멍하니 바라보았다. "이건 꿈이야. 꿈에서 깨어나야 해." 허벅지를 힘껏 꼬집었다. 아프다. 이건 꿈이 아니야. 복남이는 온 힘을 다해 "수지야!" 소리치며 물속으로 뛰어들었다. 숨이 턱에 차고 며칠 전 내린 비로 물은 불어나 있어서 생각보다 물살이 세게 복남이를 밀어붙였다. "조금만 더, 조금만 더, 수지야! 제발 살아 있어야 해."

얼마나 지났을까. 복남이는 어렴풋이 들리는 소리에 희미하게 정신이 들었다. "복남아, 복남아, 이제 정신이 드니? 어쩌자고 강에 뛰어들어. 하마터면 죽을 뻔했잖아." 반 동무들과 선생님이 걱정스러운 눈빛으로 바라보고 있었다. "수지는요? 수지는 어떻게 됐나요?" 선생님이 놀란 눈빛으로 대답했다. "무슨 소리를 하는 거니? 수지는 여기 있잖니." 수지가 하얗게 질린 얼굴로 복남이를 바라보며 걱정스레 말을 이었다. "새로 오신 체육 선생님이 널 구해 주셨어. 수영 선수를 하셔서 널 구할 수 있었나 봐. 네가 갑자기 내 이름을 부르며 물로 뛰어들어서 다들 얼마나 놀랐는지 몰라." 복남이는 온몸의 힘이 풀리며 수지를 바라보다가 스르르 눈을 감았고 그렇게 깊은 잠에 빠져들었다.

그 일이 있은 후 복남이는 개울가 바위와 물을 무서워하게 되었다. 장래 희망이 수영 국가대표라고 으스대던 녀석이 물만 보면 꽁무니를 빼곤 했다.

어른이 된 복남이는 아무리 생각해도 그 일을 이해할 수가 없다. "내가 그때 왜 그랬을까? 분명히 꿈이 아니었는데. 수지가 물에 빠져

내게 구해 달라고 소리쳤는데...

"아, 그래, 처음 먹은 칠성사이다에 취했던 건가?"

"여보, 식사하세요. 당신 좋아하는 김밥과 칠성사이다 준비했어요."

뽀얀 얼굴에 새침데기 미소를 한 아내 수지가 날 보고 웃고 있다.

포장마차

"카톡! 카톡!" 잠결에 울리는 카톡 소리에 비몽사몽 전화기를 집어 든다. 스위치를 누르니 어둠 속 핸드폰 불빛이 동공을 찌른다. 카톡을 확인하고선 가슴이 두근거려 잠이 확 달아난다. 시계를 보니 새벽 2시가 가까워 온다. '아니, 이 늦은 시간에 그녀는 왜 나에게 이런 카톡을 보낸 걸까?' 냉장고에서 먹다 남은 캔 커피를 꺼내 들고 홀짝홀짝 마셔 가며 깊은 생각에 잠긴다.

그녀를 처음 본 건 3개월 전쯤이다. 그날도 퇴근 후 비가 내려서 입사 동기생들과 회사 근처 포장마차에서 막걸리를 한잔하고 있었고, 한여름 장맛비는 포장마차를 뚫을 듯이 쏟아지고 있었지. 그때 갑자기 포장마차 문이 열리더니 앳된 얼굴의 여인이 헐레벌떡 뛰어 들어오는 게 아닌가. 동기생들은 누구랄 것도 없이 동시에 눈을 돌렸고, 다들 그녀의 미모에 놀라 취기 가득한 얼굴에 묘한 호기심이 생겨 막걸리 따를 생각도 잊고 있었지. 그녀는 혼자였어. 소주 한 병과 꼼장어를 주문하더니 허겁지겁 먹기 시작했어. 저렇게 예쁜 여자도 꼼장어를 먹는다는 걸 그때 처음 알았던 것 같아.

한참을 넋을 잃고 그녀를 곁눈질하고 있는데 포장마차 문이 마치 태풍에 흔들리듯 요동치더니 건장한 남자 두 명이 화난 얼굴로 포장마차 안을 살피더군. 문신을 한 남자가 그녀를 발견하고선 다짜고짜 따귀를 갈기는 거야. 여린 몸매의 그녀는 의자 아래로 나뒹굴었고 손님들은 험악한 분위기에 서둘러 자리를 뜨기 바빴지.

동기 녀석들도 너 나 할 것 없이 다들 슬금슬금 꽁무니를 빼고 포장마차 밖으로 도망가 버렸고, 그녀와 폭력배 두 명만이 남게 되었어. 군대를 제대한 지 얼마 지나지 않은 터라 아직 젊은 피가 끓었고, 그녀와 문득 마주친 눈빛에서 도와달라는 애절함이 느껴져 한참을 머뭇거리고 있었지.

"야, 이 새끼야. 뒈지고 싶지 않으면 썩 꺼져, ×××야." 폭력배 중 팔에 섬뜩한 문신을 한 백 킬로그램은 넘어 보이는 육중한 놈이 나를 쏘아보며 소리쳤어. 그 순간 마음은 이미 포장마차 밖으로 도망쳤지만 몸은 마치 얼어붙은 듯 그 자리에 웅크리고 서 있었지. 어디서 그런 용기가 났던 걸까? 그 불량배를 쏘아보며 배에 힘을 주고 소리쳤어. "너희들 뭐야. 이런 곳에서 연약한 여자에게 폭력을 휘두르다니. 당장 꺼지지 않으면 경찰을 부를 거야." 폭력배 한 녀석이 비웃는 듯한 미소를 짓더니 멱살을 움켜잡았고, '난 이제 숨이 막혀 죽는구나.' 생각하고 있을 때 호루라기 소리와 함께 경찰 두 명이 포장마차 안으로 들어왔고 한순간에 상황은 끝나는 듯했어.

그날 이후 피해자 증인으로 몇 차례 남대문경찰서를 오고 갔지만 그녀는 다신 볼 수가 없었지.

그렇게 3개월이 지난 오늘 새벽 갑자기 그녀에게서 카톡이 온 거야. 어떻게 내 연락처를 알았을까? 처음 마주쳤던 그녀의 눈빛이 새삼 떠올라 두근거리는 가슴으로 문자를 다시 확인했어.

하트를 3개씩이나 보냈잖아! 이게 무슨 뜻일까? 그녀가 나에게 연정이라도 품었다는 건가!!! 왜 이렇게 가슴이 뛰는 건가. 대학 시절 연애 박사 소리까지 들어 가며 한때 날렸던 나인데... 왜 그녀만 생각하면 사춘기 소년처럼 숫기 없는 사내가 된단 말인가. 밤새 뜬눈으로 뜻 모를 하트만 바라보며 온갖 공상을 하다 보니 어느새 새벽 공기가 허공을 맴돌고 있었지. 그날 이후 매일 10분 간격으로 휴대폰을 확인하는 습관이 생겼지만 더 이상 그녀에게선 연락이 없었어.

세월이 흘러 이제 두 아이의 아버지가 되어 사십을 바라보는 나이가 되었어. 아내에겐 미안한 얘기지만 그때 채 몇 분도 되지 않던 순간에 느낀 그녀의 눈빛과 간절함. 그리고 몇 개월 뒤 새벽에 보내온 카톡은 아직도 가슴을 설레게 해.

그녀는 단테의 〈신곡〉에 나오는 나의 베아트리체였던가?
잠든 아내와 두 아이의 얼굴을 번갈아 바라보니 미안함이 밀려와 두 팔로 잠든 아내와 애들을 보듬어 본다. "아마 그건 꿈이었을 거야."

비둘기

"언니, 비둘기가 돌아왔어! 언니! 언니!" 동생의 찢어질 듯한 날카로운 쇳소리가 귓전에서 메아리친다. 눈을 뜨려고 몸에 힘을 줘 봐도 눈이 떠지지 않아. "나 살고 싶어. 제발 살려 줘."

소독약 냄새가 코끝을 찌르고 숨 가쁘게 움직이는 간호사의 발걸음이 심장 박동처럼 분주하다. 약 기운이 사라지니 숨이 멎을 것 같은 통증이 칼날처럼 온몸을 찔러 댄다. "제가 보이세요? 눈동자를 움직여 봐요." 흰 가운을 입은 우스꽝스럽게 생긴 노의사가 연신 숨을 몰아쉬며 날 응시한다. "이제 의식이 돌아왔어요. 가족분은 옆에서 다신 소동을 일으키지 않도록 지키시고 비상시엔 여기 벨을 누르도록 하세요." 노의사는 연신 이마의 땀을 훔치더니 어느새 안개처럼 사라진다.

"언니, 이젠 괜찮아. 왜 그런 짓을 했어. 치료 잘 받으면 의사 선생님이 완치된다잖아. 다신 자살 같은 그런 짓 하지 마, 언니." 다섯 살 아래 유일한 가족인 스무 살도 안 된 여동생이 연신 눈물을 훔친다. "그래, 알았어. 다신 안 그럴게. 그런데 창밖에 매일 찾아오던 비둘기는 왜 여태 보이지 않는 거니?" "아니야, 언니가 약에 취해서 의식을 잃은 게 일주일째야. 어제도 창밖에 와서 내가 모이를 주었어."

"아, 이제 퇴원하는구나. 집에 갈 수 있어서 너무 좋아." 그런데 동생은 왜 어제부터 보이질 않는 거지. 매일 두 번씩 찾아와서 재잘대더니. 이젠 항암 치료를 잘 받아서 혼자서도 움직일 수가 있어. 사람이 건강할 때는 그 소중함을 모르잖아. 홀로 움직일 수 있는 것조차 이리 큰 행복이야. 그런데 동생은 왜 이틀째 소식이 없지? 왠지 모를 불안

감이 온몸을 옥죄어 와 병원 옥상으로 향했다. 병원 옥상엔 환자들과 가족들이 몇몇 보였고, 다들 얼굴엔 표정이 없다. 병은 사람들의 영혼을 얼려 버리나 봐. 언제부턴가 다들 미소를 잃어버렸어...

간호사가 안절부절못하며 병실을 들락날락하더니 무슨 큰 결심이나 한 듯 내 옆으로 다가와 앉는다. "환자분, 놀라지 마세요. 동생분이 방금 운명하셨어요. 저희 병원 앞에서 이틀 전에 교통사고를 당하셨는데, 끝까지 언니분 걱정만 하시다가 방금 운명하셨습니다." "그만, 그만하세요. 이건 꿈일 거야. 제발 꿈에서 깨어나게 해 줘." 영혼을 쥐어짜는 듯한 울음소리가 병원을 휘감았다.

어떻게 깊은 잠에 빠져든 걸까? 아마 간호사가 진정제를 주사했나 봐. 꿈속에선 동생과 도란도란 얘기를 나눴는데, 그렇게 한나절이 지나서 깨어 보니 동생이 죽었다는 현실 외엔 병실엔 아무것도 없다. 너무 어둡고 적막해. 몸을 옆으로 누이니 어둠 속의 파란 눈빛이 날 뚫어질 듯 응시한다. 아, 비둘기? 왜 이 밤에 집에 가지 않고 어둠 속에 있는 거야? 내 동생의 영혼인가?

그렇게 며칠이 흐른 후 의사 선생님과 간호사들의 배웅을 받으며 퇴원 수속을 마쳤다. 병원비는 동생 사망 보험금이 꽤 많이 나와서 병원비를 치르고도 통장엔 1억 넘는 잔고가 찍힌다. 이제 어디로 가야 하나? 하늘 아래 나 혼자인데...

병원 현관 앞엔 택시 기사들이 줄지어 서서 연신 하품을 해 대고 있다. 가장 앞에 있는 택시 안에 가방 두 개를 던져 넣고 뒤돌아보니 문득 비둘기가 올 시간이라 모이라도 주고 가야지 싶은 생각이 든다. "아저씨, 잠시만 기다려 주세요. 제가 병실에 빠트린 게 있어서 병실 좀 다녀올게요."

병실은 여느 때처럼 텅 비어 있었고 비둘기가 올 시간인데 창밖엔 싸늘한 안개비만 흐르고 있다. 그래, 옥상으로 가 봐야겠어. 거기서 비둘기를 만날 수 있을 거야. 작별 인사라도 해야지...

옥상엔 여느 때처럼 몇몇 환자가 휠체어에 기댄 채 무표정한 눈빛으로 생각에 잠긴 듯하다. 그 순간 구석에서 퍼덕거리는 낯익은 비둘기가 눈에 들어온다. 날개가 찢기고 목이 부러져 마지막 삶의 안간힘을 치고 있는 게 아닌가? 멀리 달아나는 도둑고양이의 외침이 칼날처럼 나의 목을 파고든다. 비둘기조차 나를 떠나다니...
"안 돼, 안 돼, 제발 떠나지 마. 왜 내게 소중한 이들은 이렇게 떠나는 거야. 숨이 막혀 죽을 것 같아."

병원 현관에선 응급실 직원들이 허둥대며 뭔가를 실어 나른다. 환자들이 웅성거리며 모여든다. "아, 너무 편안해. 사랑하는 동생도 비둘기도 이렇게 살아 있었구나." 의식이 희미해져 간다.

택시 기사는 실었던 가방을 병원 직원에게 던지듯 건네며 투덜거린다. "젠장, 왜 옥상에서 뛰어내려 자살한 여자가 하필 내 승객이람." 재수 옴 붙은 날이네.

막걸리

"야, 이 노무 자슥아, 얼렁 시장통에 가서 망할 니 애비 데려오그라. 안 그라믄 오늘 저녁은 엄따." 앙칼진 엄마의 성난 목소리에 대호는 주눅이 들어 책 보따리를 마당 한구석에 내동댕이치고 헐레벌떡 대문을 나선다. 해가 아직 중천인데 아버지는 어디서 뭘 하고 계시길래 엄마가 저 난리인지...

고무신이 닳을까 싶어 고무신을 벗어 들고 논길을 달리기 시작했다. 면사무소 앞 시장까지 가려면 1시간은 뛰어가야 한다. 논두렁엔 개구리가 놀라서 이리저리 뛰어 대고 초가을 들판엔 벼메뚜기가 제법 크다. 대호는 뛰던 걸음을 멈추고 벼메뚜기를 잡기 시작한다. 요놈들이 제법 빠르긴 하지만 국민학교 5학년이 된 대호의 재빠른 손놀림에 수십 마리가 너끈하게 잡혔다. 강아지풀을 뜯어서 메뚜기 목 부분을 꿰어 주렁주렁 매달았더니 제법 무게가 나간다. "오늘 저녁엔 연탄불에 요놈들 구워서 먹어야겠군." 금세 군침이 돌며 기분이 좋아진다. 다시 고무신을 들고 뛰기 시작한다. 떡 감는 동무들이 강물에서 왁자지껄 불러 대지만 놀고 싶은 맘이 들 때마다 엄마의 호통 소리가 들려와 서둘러 면사무소에 다다랐다.

면사무소 앞 시장에서는 온갖 먹거리와 볼거리가 대호를 유혹했지만 항상 그랬듯이 대호는 익숙하게 시장 골목 구석에 있는 선술집으로 주저 없이 달려갔다. 문이 굳게 닫혀 있어 문에 귀를 대고 아버지 목소리를 찾으려 애쓰는 순간, 문이 열리고 얼큰하게 취한 영감이 고래고래 소리를 치며 대호를 째려본다. "야, 이 대가리 피도 안 마른 새끼야, 여기가 어딘데 엿듣고 있노. 니 벌써 색시 밝히나? 염병할 호로

새끼." 대호는 흠칫 놀라 뒤로 물러서며 냅다 골목길로 달렸다.

배에서 꼬르륵 소리가 나고 오늘따라 시장통 순대국밥 냄새는 왜
이리 진한지. 메뚜기 꾸러미를 쥔 손에 꼭 힘을 준다. 연탄불 위에서
구워 갈 이 녀석들 생각하며 침을 꿀꺽 삼킨다.

선술집 문이 열려 있어 대호가 쥐새끼처럼 살금살금 들어가니 작은
방문이 보인다. 방문에 귀를 대니 아버지 목소리가 들리는 게 아닌가.
"삼월아, 내가 니를 첩으로 들일 테니 오늘 내 기분 좀 풀자. 니만 보면
내가 미쳐 죽겠다. 이리 와라." "영감님, 그럼 빨리 끝내시구려. 대신
막걸리 한 통 값은 내놓구." "그래, 삼월아..." 대호는 얼굴이 붉어졌다.

시간이 서쪽 하늘에 대롱대롱 걸릴 때가 되어서야 아버지가 바지를
추스르며 선술집을 나왔고, 웅크리고 있던 대호를 보고선 놀란 기색
도 없이 소리쳤다. "젠장, 니 에미는 시도 때도 없이 니를 보내노. 지겨
워 몬 살겠다. 어여 가자." 아버지 트림에 배어 나오는 시큼한 막걸리
냄새가 역겹다.

저녁밥은커녕 아버지와 엄마는 뒤엉켜서 여느 때처럼 심하게 다투
셨고, 대호는 부엌으로 향했다. 연탄불에 메뚜기 날개 타는 냄새가 진
하게 나더니 어느새 새까맣게 익어 가는 메뚜기를 바라보는 대호 눈
가에 이슬이 맺힌다.

강 사장의 눈물

강봉수, 그는 어릴 적 똥구멍이 찢어질 듯 가난한 집안에서 4형제 중 막내로 자랐다. 경상도에서도 험하기로 이름난 청송이 그의 고향이다. 그의 부친은 술주정뱅이에 노름꾼이었고 농사일은 온전히 그의 어머니와 어린 4형제의 몫이었다. 보릿고개가 오면 먹을 게 없어 산에서 칡뿌리라도 캐 오는 날이면 하루 종일 칡뿌리를 질겅질겅 씹으며 동네에서 놀곤 했다.

"강 사장님, 뭘 그리 골똘히 생각하세요. 이번 달 결산 자료 결재 부탁드립니다." 미스 최가 눈꼬리를 치켜뜨며 애교 섞인 코맹맹이 소리를 한다. 강 사장은 문득 어린 시절 추억에 잠겼다가 미스 최가 들어온 걸 알고는 부푼 배를 씰룩거리며 어린 시절 생각에서 깨어나 흠칫 놀란다. 나이가 어느새 60이 넘어가면서 머리는 벗겨지고 배는 숨 쉴 때마다 풍선처럼 부풀어 오른다.

"어, 그래, 미스 최, 내가 깜박 졸았네 그려. 그래 그건 그렇고 회사에 적응은 잘 하고 있나?" 눈가에 미소를 지으며 강 사장은 연신 미스 최에게 묘한 눈빛을 던진다. "네, 사장님 배려 덕분에 너무 잘 지내고 있어요. 저희 갈 곳 없는 모녀를 거둬 주셔서 생명의 은인이세요."

때는 80년 초 민주화 운동으로 한창 데모가 심할 때였다.
"사장님, 사장님, 큰일 났어요." 미스 최가 마치 숨이 넘어갈 듯 외마디 비명을 지른다. "밖에 데모가 일어났어요. 백골단이 대학생들을 닥치는 대로 때리고 최루탄 때문에 사무실 문을 닫아야 할 것 같아요." 강 사장은 할 수 없이 직원들을 서둘러 퇴근시키고 홀로 사무실을 지

컸다.

강 사장은 10년 전에 부인과 사별하고 홀로 딸 하나를 키웠는데 딸은 작년에 미국으로 시집을 가서 딱히 집에 일찍 들어갈 이유가 없었다. 창틀 사이로 최루가스가 스며들어 잠시 기침을 하다가 옛일을 추억하며 눈물을 훔친다. 최루가스 탓인지 눈물이 그치지 않고 뺨을 타고 흐른다.

10년 전 과거가 주마등처럼 스쳐 간다. "아고, 마누라, 이제 끼니 좀 먹을 만하니 이리 떠나오. 살아생전 뭐 하나 변변히 해 주지도 못하고 고생만 하더니, 이리 덧없이 가는구려." 강 사장은 핏기 잃은 부인의 주검 앞에 넋을 잃고 서서 주섬주섬 주머니를 뒤지더니 순금 쌍가락지 한 쌍을 꺼내 그녀의 싸늘한 손가락에 끼우며 하염없이 눈물을 흘린다.

모처럼 휴일을 맞아 집에서 한가롭게 상념에 잠겨 있던 강 사장 앞으로 황 비서가 달려오더니 "사장님, 회사로 급히 좀 가 보셔야겠습니다." 황 비서가 얼굴이 상기되어 재촉한다 "무슨 일이라도 난 거야? 왜 이리 호들갑인가... 쯧쯧." "사장님, 회사에 빚쟁이들이 떼로 몰려와서 사장님을 찾고 있어요." "뭐라고? 난 평생 빚진 적이 없는데 웬 빚쟁이, 나 원 참."

회사 앞에는 건장한 조폭들과 사채꾼 냄새가 풍기는 늙은 아낙 몇 명이 강 사장을 보자마자 멱살을 잡고 악다구니를 쓴다. "내 돈 내놔, 늙은 영감탱이야." "아니, 무슨 영문이요?" 목이 잡힌 강 사장은 연신 헛기침을 해 댄다. 사무실에 올라가니 이미 집기는 뒤집혀 있고 겁에 질린 직원들이 강 사장을 보고 소리를 치며 울부짖는다. 도대체 왜 이런 일이 나에게 일어난 걸까? 영문을 모른 채 뒷목을 잡고 쓰러지는 강 사장에게 어린 시절이 주마등처럼 스쳐 간다.

눈을 떠 보니 소독약 냄새가 진하게 풍기는 보건소 침대에 홀로 덩그러니 누워 있다. 강 사장 눈에 눈물이 하염없이 흐른다. "나 원 참, 최루탄도 쏘지 않는데 왜 이리 눈물이 나."

수십 년간 키워 온 회사는 풍비박산이 나고 강 사장의 수중엔 땡전 한 푼 남지 않았다. 아니, 평생을 갚아야 할 빚만 덩그러니 남겨진 현실이 믿기지 않는다. 믿는 도끼에 발등 찍힌다더니... 미스 최가 회사 경리 담당 전무와 짜고 눈이 맞아 회삿돈을 빼돌린 것도 모자라 여기저기 사채까지 끌어다가 해외로 도망을 간 거다. 가정이 있는 유부남과 야반도주를... 갈 곳 없는 사람을 거둬 줬더니 은혜를 원수로 갚다니.

충격으로 강 사장은 뇌출혈이 일어났고 생명이 위독한 상태다. 강 사장은 희미해져 가는 의식을 붙잡으려 안간힘을 써 본다. 의식이 사라지며 어디선가 칡을 물고 마냥 행복해하는 꼬마가 나타나 웃으며 동네를 돌고 있다.

"그래, 어차피 난 빈손이었어. 칡 한 뿌리면 돼."

아메리카노

1판 1쇄 발행 2024년 10월 04일

지은이 김상인

교정 주현강 **편집** 김해진 **마케팅·지원** 김혜지

펴낸곳 하움출판사 **펴낸이** 문현광
이메일 haum1000@naver.com **홈페이지** haum.kr

블로그 blog.naver.com/haum1007 **인스타** @haum1007

ISBN 979-11-94276-18-0 (03810)

좋은 책을 만들겠습니다.
하움출판사는 독자 여러분의 의견에 항상 귀 기울이고 있습니다.
파본은 구입처에서 교환해 드립니다.